Leben mit Limit

Joachim Berger

[Leben mit Limit]

**Erprobte und
naturgemäße
Alternativ-
Therapie der
Multiple Sklerose**

Umschlagfoto: Annamartha/pixelio.de

Herstellung und Verlag:
BoD – Books on Demand, Norderstedt
ISBN 978-3-8482-1991-9

Inhalt

EINLEITUNG

„Reicht Dir das Leben eine Zitrone,
so mach' eine Limonade daraus", lautet
einer der Lebensratschläge von Dale
Carnegie, dem Verfasser des amerikanischen
Welt-Bestsellers „Sorge Dich nicht, lebe".
MS-krank zu werden, ist eine außerordentlich saure Zitrone, die das Schicksal
dem Betroffenen reicht. Da der Erkrankungs-
beginn meist in die Blütezeit des persönlichen
und beruflichen Lebens fällt, ist diese Erkrankung ganz besonders tragisch.
Ich war gerade mal 19 Jahre alt und voller
Zukunftspläne, als mich im Jahr 1968
der erste Schub der Encephalomyelitis
disseminata (MS) „aus heiterem Himmel"
traf.
Die von mir vorgestellte und an mir selbst
erfolgreich erprobte Alternativ-Therapie
auf naturgemäßer Basis bei der Behandlung
der MS hat mich möglicherweise seit mehr
als 38 Jahren vor einem Leben im Rollstuhl
bewahrt, ohne dass letztlich ihre Wirksamkeit

wissenschaftlich überprüft oder gar erwiesen worden ist.

Es kann daher keinerlei Garantie übernommen werden, dass die Anwendung bei anderen MS-Patienten ähnlich günstig verlaufen wird, wie es bei mir der Fall ist. Unverträglichkeiten / Allergien könnten hervorgerufen werden, wenn sie gleichzeitig mit der Einnahme anderer Medikamente erfolgen sollte. Daher ist äußerste Vorsicht und Überwachung geboten.

Aber sie ist es zumindest wert, einen Versuch zu wagen, wenn nichts anderes mehr hilft.

Sollten bereits Verhärtungen (Plaques) im Zentralnervensystem (ZNS) entstanden sein, so sind diese in der Regel irreversibel.

Diese im Folgenden von mir erläuterte Alternativ-Therapie ist im Vergleich zu pharmakologischen Immunsupressiva-Medikamenten sehr kostengünstig und im Allgemeinen nebenwirkungsfrei. Sie passt also damit hervorragend in das derzeitig verfolgte Ziel einer kostendämpfenden Gesundheitspolitik und ist nach meinen eigenen Erfahrungen – unter Vorbehalt –

risikolos, allerdings bedarf es weiterer klinischer Überprüfungen, die hoffentlich nach dieser Veröffentlichung in Gang kommen werden.

Meine Multiple Sklerose-Erkrankung ist völlig stabil, wurde mir im Mai 2005 in einer psycho-somatischen Klinik in Bad Salzuflen während eines sechswöchigen Aufenthaltes bestätigt.

Ich treibe Sport – auch Krafttraining – und konnte bis zum Jahr 2003 sogar einer geregelten Berufstätigkeit im kaufmännischen Bereich bei einer ausländischen Firma nachgehen, wo ich sehr starkem Stress und auch Mobbing ausgesetzt war.

Erste Symptome

Ich litt unter Erbrechen, Schwindel, Gleichgewichtsstörungen, Sehstörungen (Doppelbilder). Mein damaliger Hausarzt (Magen/Darm-Spezialist) diagnosti-
zierte einen Symptomenkomplex und wies mich in das
nächste Krankenhaus ein. Dort blieb ich zwei Monate
und wurde mit etwa 25 Antibiotika-Spritzen „vollge-
pumpt" – wie ich es nenne. Eine Behandlung aus Ver-
legenheit, weil man keine Ursache wusste.

Wir waren drei Jugendliche auf dem Zimmer und
der Stationsarzt betrat manchmal das Zimmer mit den
Worten: „Hier liegen unsere Nachwuchskranken". Ich
war einer davon, nur ohne genaue Krankheitsdiag-
nose.

Meine Mutter hatte selbst in diesem Krankenhaus
gearbeitet und kannte daher auch eine der auf der Sta-
tion tätigen Krankenschwestern. Neben mir lag ein
junger Mann mit irgendwelchen Darmproblemen. Die
Krankenschwester gab meiner Mutter zu verstehen,
dass dieser Mann nicht richtig im Kopf sei. Ich bin
ganz sicher, dass nicht er gemeint war, sondern ich.

Die ganze Zeit im Krankenhaus und auch danach
ließ mich das Gefühl nicht los, dass etwas mit mir
nicht stimmte. Doch was bloß um Himmels willen?
Meinen unwissenden Eltern sagte man lediglich, dass
ich nur 32 Jahre alt werden würde. Die Ärzte taten
dabei sehr geheimnisvoll und seltsam.

Zur Abklärung eines eventuell vorliegenden Gehirntumors wurde ich anschließend in ein spezialisiertes Krankenhaus nach Oberhausen gebracht, wo eine Karotis-Angiographie (röntgenologische Darstellung von Blutgefäßen im Gehirn nach Einspritzung eines Kontrastmittels über die zum Kopf führende Halsschlagader) durchgeführt wurde.

Bei der Befundbesprechung wurde mir lakonisch gesagt, dass man schon etwas gesehen habe und dabei grinste der Arzt vielsagend. Meine Eltern waren ahnungslos und hilflos zugleich und glaubten, dass das alles nicht wahr ist, was da an Vermutungen geäußert wurde.

Danach wurde ich noch in eine andere Klinik nach Krefeld überwiesen zwecks Abklärung meines hohen Blutdrucks von 180 mm/HG im Ruhezustand, da man einen Nebennierenrinden-Tumor vermutete. Der Befund war glücklicherweise negativ. Ich wurde mit der Diagnose „juvenile, labile Hypotonie" entlassen.

In den Folgejahren 1969 bis 1973 ging es weiter bergab mit meiner Gesundheit, ohne dass ich das wahrhaben wollte. In subjektiver Hinsicht war ich sehr agil, beruflich erfolgreich, immer fleißig, überaus euphorisch. In objektiver Hinsicht war ich eine jämmerliche Gestalt: krumme Körperhaltung, vegetativ sehr labil. Ich sprach in abgehackten Sätzen, war sehr nervös, arbeitete wie ein Verrückter im Metallhandel, war aber letztlich nicht Herr meiner selbst.

Es kam, wie es kommen musste. An einen Novembertag im Jahr 1973 trat der zweite Schub ein, dieses Mal schlimmer als zuvor. Nach einem Wannenbad bemerkte ich plötzlich, dass mein rechtes Bein sich immer mehr verkrampfte. Am darauf folgenden Tag verschlimmerte sich mein Gesundheitszustand drastisch und ich konnte das rechte Bein nur noch nachziehen. Es sah so aus, als hätte ich einen Schlaganfall erlitten.

Im häuslichen Bett verblieb ich drei Wochen und wurde mit Cortison-Tabletten (Prednisolon) behandelt. Es folgte ein eineinhalbmonatiger Krankenhausaufenthalt, der eigentlich gar nicht von meinem Neurologen befürwortet worden ist, denn man konnte dort nicht mehr tun als Cortison-Tabletten verabreichen und Unterwassermassagen geben. Die Cortisontabletten schwemmten mein Gesicht furchtbar auf, weshalb ich ohne Wissen der Ärzte die weitere Einnahme auf eigene Verantwortung einstellte. Bei einer der Arztvisiten an meinem Krankenbett wurde in Rätseln gesprochen. Es gäbe so eine Krankheit, bei der der eigene Körper sich selbst angreift. Ich verstand nichts, was in mir vor ging, aber langsam merkte ich, dass ich unheilbar krank war

Die Besserung (Remission), die fast immer nach einem Schub eintritt, war aber irgendwann unverkennbar und wahrscheinlich auch zum Erstaunen der behandelnden Ärzte. Es blieb eine teilweise

Lähmung meines rechten Beines. Ein Oberarzt begegnete mir auf dem Krankenhausflur und sagte mir im Vorbeigehen ins Gesicht: „Das wird nicht mehr! Da muss ein besonderer Schuh gemacht werden." (Den habe ich aber bis heute nicht tragen müssen.) Meine Bemerkung dazu: Über Hilfsmittel, Krücken, Rollstuhl wird gesprochen, aber über mögliche Ursachen oder Behandlungs-Optionen der Krankheit wird kein „Sterbenswörtchen" verloren.

Ich lag in einem Krankenzimmer mit vier Patienten, darunter der Küster der Pfarrgemeinde meines Wohnortes. Irgendwann zum Ende meines Krankenhausaufenthaltes ließ er verlauten: „Herr B. muß noch in die Nervenklinik." So hat er mich vor den anderen Patienten gedemütigt und verletzt. Das macht ausgerechnet ein Kirchenmann. Ein anderer Patient nannte diesen Herrn einen Pharisäer.

Wenn ich daran zurückdenke, wird mir übel zumute. Es war der reinste „Spießrutenlauf": überall diese Anmache und auf der „anderen Seite" diese Wand des Schweigens.

Warum gerade Ich???

Eigene Überlegungen zu meiner Erkrankung im Jahre 1974

Ich habe mich natürlich oft gefragt, warum es gerade bei mir zu einer solchen, einer schweren und unheilbaren Erkrankung gekommen ist. Ich denke, dass ich von Geburt aus vorbelastet gewesen bin. Erbfaktoren als auch Umweltfaktoren spielen eine Rolle.

Meine Mutter war hautkrank (Schuppenflechte), mein Vater war weitgehend gesund. Schuppenflechte ist auch eine Autoimmunerkrankung wie die MS.

In meinen Jugendjahren, mit etwa zehn bis elf Jahren, habe ich mit Darmproblemen zu kämpfen gehabt und mit hohem Fieber (um 40 Grad). In einem der Fieberschübe habe ich nachts im Bett mit meinen Eltern Kämpfe ausgetragen, dabei laut geschrien. Es war einfach furchtbar.

Durch diese Fieberschübe wurde wahrscheinlich mein Immunsystem fehlgerichtet und durcheinandergebracht. Es haben sich Entzündungszellen oder auch fehlgeleitete aktivierte Abwehrzellen gebildet, die die Blut/Hirn-Schranke überschritten und ins Nervenwasser des ZNS geraten sind, was schließlich und letztendlich über Jahre und Jahrzehnte hinweg zu dieser langsam fortschreitenden und heimtückischen Entmarkungskrankheit geführt hat. So sehe ich die Entstehung.

Das Charakteristische an der Multiple Sklerose

Die Multiple Sklerose (multiple = vielfältig und sklerose = Verhärtung) zählt zu den chronisch verlaufenden Nervenkrankheiten. Ihre Ursache ist nach wie vor unbekannt. Die Experten konzentrieren sich auf die Frage, ob sie durch Viren, durch eine Auto-Agression oder durch Komplikationen im Immunsystem (Körperabwehr) ausgelöst wird. Sie wird auch als Autoimmunerkrankung bezeichnet.

Eindeutige Frühsymptome fehlen, da die Erkrankung sich bei jedem Patient unterschiedlich zeigt. Sie tritt meist zwischen dem 20. und 25. Lebensjahr auf. Frauen sind häufiger betroffen als Männer (2/3 Frauen – 1/3 Männer).

In den meisten Fällen kommt es zu Sehstörungen, Zittern (Tremor), Sprachstörungen (skandierende Sprache), Schwindelanfälle, Lähmungserscheinungen, Missempfindungen (Parästhesien), Bewusstseinsstörungen, Lähmung der Blasenmuskulatur oder des Darms und allgemeine Körperschwäche. Vielfach wird die Krankheit im Frühstadium verkannt und als psychische Störung oder als vegetative Dystonie – wie es auch in meinem Fall vor dem ersten Schub der Fall war – einfach nur abgetan. Der Patient wird hingehalten, bis sich neue Symptome zeigen, die die Diagnose erhärten. Durch dieses Verzögern verstreicht viel wertvolle Zeit, was sich sehr zum Nachteil für den Betroffenen auswirkt.

Die Symptome treten in sogenannten Schüben auf und oft zeitlich weit auseinanderliegend. Dazwischen liegen unterschiedliche Phasen, die der Arzt als Remission bezeichnet. Und in denen der Patient sich relativ gesund fühlt.

Ein Hauptmerkmal ist die extreme Euphorie, die den Patient seine schlimme Lage verkennen lässt. Darin zeigt sich auch die Heimtücke der Erkrankung.

Ausdrücklich muss gesagt werden, dass es sich nicht um eine Geistesstörung handelt, was oft von Außenstehenden verkannt wird, aber diese Krankheit ist zum Verrücktwerden.

Ansichten und eigene Erfahrungen mit der Diät nach Dr. P. Evers, Hachen im Sauerland

Ich bin in der Mitte des Jahres 1974 mit meiner Mutter per Bahn zu Dr. Evers nach Hachen im Sauerland gefahren. Er überblickte ein großes Krankengut an MS-Patienten und er war der Einzige weit und breit – soweit ich wusste –, der eine alternative Behandlung der Multiple Sklerose – ohne Chemie – zur damaligen Zeit propagierte. Seine „Ernährungs-Behandlung" war umstritten, wurde von der schulmedizinischen Ärzteschaft belächelt und „bekämpft".

Er vertrat die Ansicht, dass die MS eine Zivilisationskrankheit ist wegen der Tatsache, dass sie in den westlichen Industrieländern gehäuft vorkommt. Es liegt daher nahe – so war seine Ansicht –, dass die Krankheit mit unserer westlichen Ernährungsweise in engem Zusammenhang stehe, d. h. dass der Denaturierungsprozess unserer Nahrungsmittel für den Entwicklungsprozess dieser Erkrankung mit verantwortlich ist. Lt. Dr. Evers ist mit dem Fortschreiten der Übererernährungszivilisation diese Entzündungskrankheit des ZNS zur häufigsten neurologischen Erkrankung geworden (in Deutschland ca. 80.000 – 100.000 Fälle).

Insofern kann man bei der Ernährungsbehandlung von einer ursächlichen Behandlung sprechen, doch er fügte auch hinzu, dass die Erfassung der Krankheit im Frühstadium wichtig ist (ich füge hinzu: äußerst wichtig), solange es sich noch um einen reversiblen Prozess handelt.

Das ist genau der Punkt, bei dem der Verfasser dieses Buches das größte Defizit in der schulmedizinischen Behandlung dieser schwerwiegenden Erkrankung in der damaligen Zeit, und bestimmt auch noch heute, sieht.

Solange so verfahren wird, wie in der eigenen Kranken- und Leidensgeschichte im ersten Kapitel geschildert, wird der Patient einfach seinem ungewissen Schicksal überlassen. Es wird wertvolle Zeit verschwendet, in der die Entzündung irreversible Schäden anrichten kann.

Die Evers-Diät bestand darin, dass die Ernährung so naturnah wie möglich sein sollte, also Früchte, Nüsse, Wurzeln, Milch; gekeimte Körner und Honig sollten im Vordergrund stehen.

Ich habe diese Diät circa drei Monate durchgehalten und musste dazu ein Erfassungsformular über die zugeführten Nahrungsmittel führen, dieses dann nach Hachen schicken.

Diese Evers-Diät hat bestimmt und ohne Zweifel zur Kräftigung meines geschwächten Körpers beigetragen, ohne die bestehenden Nervenausfälle beseitigt zu haben.

Sie ist meines Erachtens nur schwer durchzuhalten, weil sie wohl zu einseitig ausgerichtet ist, so dass der Patient bald die Lust an dieser Diät verliert. So ist es auch mir ergangen.

Zu guter Letzt hat mir Frau Evers noch einen gutgemeinten Ratschlag auf den Weg gegeben:

Ich sollte mich im Schwarzwald für drei Monate einquartieren – nur von guter Butter, Körnern und anderen ländlichen Produkten leben – dann würde „es schon werden".

Mein erster Kuraufenthalt

Meinen ersten Kuraufenthalt von sechs Wochen verbrachte ich im Jahre 1974 in einer auf Nervenleiden spezialisierten Klinik in Zwesten/Nähe Bad Wildungen. Ich war nun also einer der Insassen der „Meisenburg", wie sie von den Einheimischen des im Tal liegenden Ortes auch genannt wurde.

Langsam aber sicher wurde mir klar, dass ich tief „abgestürzt" war, bleibende Schäden davongetragen hatte und dass ich alles von Grund auf aufbauen musste: meine Gesundheit, meinen Beruf, meinen Freundeskreis, mein weiteres Leben. Ich war ja gerade erst 25 Jahre alt.

Doch es wurde mir verdammt schwer gemacht: Bei der ersten Visite in meinem Zimmer begrüßte mich der Stationsarzt mit den Worten: „Sie gehören auch zu den glücklichen Langzeitkranken". Die letzte Begegnung mit diesem unmöglichen Stationsarzt war auf dem Klinikflur in Anwesenheit eines anderen Arztes, als er mich aufforderte: „Treten Sie sich mal selbst in den Arsch", womit er wohl kontrollieren wollte, wie weit ich mein rechtes, spastisch gelähmte Bein noch hochheben könne.

Die niederträchtige Behandlung eines Schulmediziners reiht sich in die vielen negativen Erlebnisse ein, wie ich sie in dem vorangegangenen Kapitel bereits geschildert habe und die sich ein junger MS-Kranker in der damaligen Zeit zu allem Übel auch noch gefallen lassen musste. Es ist einfach nicht zu fassen, mit welcher Arroganz, ja Böswilligkeit diese Götter in Weiß ihren Patienten gegenübertreten. Vielleicht ein Einzelfall? Vielleicht eine einmalige Entgleisung?

Es gab während meines Aufenthaltes in der Klinik einen jungen Mann, dem beide Beine amputiert worden waren, aber der mit großem Selbstbewusstsein auftrat, ja vor Selbstgefälligkeit strotzte, wovon ich weit entfernt gewesen bin. Er berichtete uns über Frauenbekanntschaften und -liebschaften, die er während seines Kuraufenthaltes gemacht habe. Das war bewundernswert, obwohl er mir leid tat.

In der Mitte der Kur musste ich mich noch einer Isotopen-Untersuchung unterziehen. Es wird eine radioaktive Substanz in die Vene injiziert, als Marker, um dann abzuklären, wie viel Restharn sich in der Harnblase befindet. Von dem Ergebnis habe ich nichts erfahren, aber diese Untersuchung war bestimmt lukrativ für die Klinik.

Ich wurde dann entlassen, ohne die gewünschte Verlängerung der Kur genehmigt zu bekommen. Im Entlassungsbericht stand: „Spastische Hemiparese mit erhöhtem MER rechts und Reduktion der groben Kraft der rechten Extremitäten (Babinski rechts positiv). Der Gang leicht ataktisch mit Fußheberschwäche rechts." Ich wurde meinem „neuen Leben" mit der Krankheit ausgesetzt, ohne Verhaltensregeln, ohne

Aufklärung über die Multiple Sklerose-Erkrankung –
ohne alles.

Trotz aller Widerwärtigkeiten war ich aber kämpferisch eingestellt und bin es bis heute geblieben.

Ich habe mich dann im wahrsten Sinne des Wortes selbst in den Allerwertesten getreten, um aus meiner Misere mit eigener Kraft und Selbstmedikation und der Unterstützung meiner Familie herauszukommen.

Das Verhalten meiner Ex-Kollegen

Meine Ex-Kollegen aus dem Nichteisen-Metallhandel (börsenabhängige Geschäfte), mit denen ich früher die Kneipen „unsicher gemacht habe", besuchten mich natürlich gleich Anfang Januar 1974. Mein Abteilungsleiter stand doch bei mir im Wort wegen seines Versprechens, mich am 1.4.1974 bei einer kanadischen Erzfirma in Düsseldorf einzustellen. Doch daran war überhaupt nicht zu denken.

Meine Ex-Kollegen waren mein damaliger Abteilungsleiter und der von ihm stark protegierte Verkäufer für Kupferrohre, ein sehr einträgliches Geschäft. Ich war vier Jahre in der Metall-Abteilung und hatte viele internationale Geschäfte initiiert und erfolgreich abgeschlossen, doch was zählte das noch! Insbesondere mein Abteilungsleiter verhielt sich am Krankenbett sehr ablehnend.

Sie kamen mit dem sicheren und schönen Gefühl, bereits ihren neuen, bestimmt sehr lukrativen Prokuristen – bzw. Handlungsbevollmächtigten-Vertrag bei dieser kanadischen Erzfirma in der Tasche zu haben, während ich als der kleine Sachbearbeiter, der ich letztlich in ihren Augen war, rein gar nichts in der Hand hatte. Obendrein war ich nun noch schwer krank – mit unvorhersehbarem Ausgang. Sie fragten mich, ob die Diagnose schon bekannt sei und ich erwiderte, dass ich die Ergebnisse noch nicht wüsste. Dieser Ex-Abteilungsleiter war es auch, der mich während unserer Zusammenarbeit immer gerne gemobbt hatte, auch schon mal mit dem Ausspruch: „Sie sind vegetativ labil."

Sie standen also beide vor meinem Krankenbett und mein Ex-Abteilungsleiter überreichte mir einen Kasten „Mon Chérie" (mit Alkohol), den Kasten nur dürftig mit einfachem Papier verpackt. Ich war doch gar nicht sein Liebling. Alkohol im Krankenhaus – wie gedankenlos! Ich stand doch unter starker Medikation mit Cortison.

Mein Ex-Abteilungsleiter, ein ausgesprochen ichbezogener Karrieremensch ließ dann gleich den Spruch los: „Die ,alte' Firma wird Sie wieder aufnehmen." Doch ich hatte dort zum 31. 12. 1973 gekündigt. Wie sollte das gehen? Ein sehr unbedachter Spruch, den er da von sich gegeben hat. Er wusste aber von meiner Vorerkrankung im Jahre 1968.

Ich denke mir heute: Wenn ich nicht unter Medikation gestanden hätte und in einem stark reduzierten Allgemein-Zustand gewesen wäre, ich glaube, ich hätte die beiden polizeilich aus dem Krankenzimmer werfen lassen.

Es war klar, warum mein ehemaliger Abteilungsleiter Wert auf mich legte, denn dieser Kupferrohr-Verkäufer, sein Intimus, hatte das Manko, keine Englischkenntnisse zu besitzen, während dies bei mir sehr wohl der Fall ist. Ein großes Manko in gehobener Position bei einer kanadischen Firma. Ich sollte also das ergänzen, was diesem Kollegen fehlte. Wenn ich das heute überlege, wäre ich dort nur der „Fußabtreter" und Vorarbeiter für deren großartige Geschäfte gewesen, kurz: Kalfaktor ohne Aufstiegsmöglichkeiten.

Sie sind dann noch ein zweites Mal gekommen, doch war ich bereits entlassen. Er hat mir später in einem Gespräch auf der Straße zum Vorwurf gemacht, dass ich sie nicht über meine Entlassung aus dem Krankenhaus informiert hätte.

Meinen erlernten Beruf als Groß- und Außenhandelskaufmann musste ich also wohl oder übel erst mal „an den Nagel hängen". Ich habe dann später kurz und bündig mit einer Postkarte, die ich direkt nach Düsseldorf an die neue Firma meines Ex-Abteilungsleiters geschickt habe, abgesagt. Ich wollte damit zeigen, dass ich privat nichts mehr mit ihm zu tun haben sollte.

Am Krankenbett Januar 1974

Auch mein Neurologe schaute im Krankenhaus vorbei. Er untersuchte mich auf Nervenzeichen und fragte dann: „ Ist nicht schon wieder etwas?" Damit meinte er einen neuen Schub hin zur Verschlechterung. Den „Gefallen" habe ich ihm aber nicht getan, ich war stabil. Das gefiel ihm wohl gar nicht, wollte er doch meiner Meinung nach seine Diagnose gegenüber dem Stationsarzt bestätigt wissen.

Meine Mutter erzählte mir, dass sie den Neurologen gesprochen hatte und auf ihre Bemerkung: „Das ist besser geworden" soll er mürrisch reagiert haben. Er kam noch ein zweites Mal und mahnte mich: „Das nächste Rezidiv geht ins Auge. Schonen Sie sich!" Er schrieb mich ein ganzes Jahr krank.

Ich traute mich nicht mehr, mit meinem spastischen Gang unter Leute zu gehen.

Da ich auch „bohrenden" Fragen nach meiner Erkrankung aus dem Wege gehen wollte, blieb ich nur noch zu Hause.

Ich habe diesen Neurologen später im Jahr in seiner Praxis aufgesucht und im Gespräch Vorwürfe gegenüber der Ärzteschaft laut werden lassen, warum man mich nicht viel früher über den Verdacht auf „Encephalomyelitis disseminata" aufgeklärt hat oder zumindest gewarnt hätte. Dazu meinte er: „ Was nützt es Ihnen jetzt, wenn Sie wie Michael Kohlhaas herumlaufen."(Bemerkung: Das ist Heinrich von Kleists berühmteste Erzählung, die auf einem realen historischen Ereignis aus dem Jahr 1534 basiert.)

Mein Kommentar zu dieser Art von Behandlung: Das ist keine akzeptable, ja sehr miserable Art, einen jungen Menschen „ins Messer laufen zu lassen". Gesundheit ist bekanntlich das höchste Gut des Menschen.

Wenn ich daran zurückdenke, wird mir übel zumute. Es war der reinste Spießrutenlauf.

Überall diese Anmache und auf der anderen Seite diese Wand des Schweigens und Verschweigens.

Und so ging es weiter mit den lieben Ex-Kollegen…

Der Handlungsbevollmächtigte, den ich duzte, rief mich im Juli 1974 zuhause an und bat mich, mit ihm ein Bierchen trinken zu gehen.

Ich war erbost darüber, dass sich der Handlungsbevollmächtigte bei mir meldete anstatt mein Ex-Abteilungsleiter, von dem ich ja eigentlich das Versprechen bekommen hatte. Ich war natürlich auch sauer, wie miserabel er sich am Krankenbett benommen hatte.

Ich habe die Einladung daher abgelehnt und eine weitere Postkarte losgeschickt, worauf ich geschrieben habe, von Beileidsanrufen endgültig Abstand zu nehmen. Mein Ex-Abteilungsleiter schickte mir daraufhin einen Privatbrief folgenden Wortlauts:

„Ich verstehe Ihre Karte nicht, die Sie mir geschrieben haben und außerdem finde ich es nicht fair, hinter meinem Rücken über meine nicht eingehaltenen angeblichen Absichten zu sprechen. Ich stehe weiterhin zu meinem Wort, das aber vorausgesetzt, dass Sie vollkommen gesund sind. (Bemerkung: Entweder war es eine angebliche Absicht oder aber ein Versprechen. Eines von beiden geht nur.) Sind Sie dieses, können Sie in den nächsten Tagen oder Wochen drei Tage zur Probe in unserem Büro arbeiten, damit Sie und wir feststellen können, dass eine gemeinsame Zusammenarbeit noch möglich ist."

Das war natürlich heftig. Ich habe den Brief weder beantwortet noch habe ich mich im Büro blicken lassen. Der Fall war für mich damit erledigt – zunächst –, aber es ging Mitte 1975 weiter.

Es war Zufall, dass ich sonntagmittags in der Nähe meines Hauses unterwegs war, als mein Ex-Abteilungsleiter im BMW-Firmenwagen vorbeifuhr. Er hielt an und wir haben uns kurz unterhalten, wobei ich ihm seine Bemerkung im Krankenhaus „unter die Nase gehalten" habe. Er meinte, dass die „alte" Firma froh gewesen wäre, wenn sie mich wieder zurück gehabt hätte. Die Geschäfte, die ich gemacht hatte, waren wirklich nicht einfach zu bewerkstelligen. Wir vereinbarten, uns telefonisch zu verständigen.

Er rief dann an und ich bestand darauf, dass wir telefonisch einen Vertrag machen. Er schickte dann ganz offiziell eine Bestätigung der Firma und schrieb, dass sich meine Tätigkeit auf den selbstständigen Handel in NE-Metall-Schrotten, Erzen und Konzentraten sowie Kathoden und Wirebars beziehen sollte. Eine Verbindung zu unseren Häusern in Paris und England könnte dabei aufgebaut werden. Eine Riesenaufgabe: Erze und Konzentrate hatte ich noch nie gemacht. (Und ich sollte sechs Monate zur Probe erst mal arbeiten für 2.500 DM = 1.250 EURO/Monat).

Das war vollkommen unverschämt und ich habe darauf nicht geantwortet. Ich wusste ja, worauf er Wert gelegt hatte: Fleiß, Fleiß, Fleiß, um jeden Preis, aber keine Wertschätzung für meine Person.

Ich habe während meiner Krankheitsdauer zuhause immer mal wieder in Stellenanzeigen hereingeschaut und mir Anzeigenkopien vom Metall-Verlag, Berlin, kommen lassen. Und siehe da, es war auch eine halbseitige Anzeigenseite der Düsseldorfer Erzfirma dabei, in der ein Metallkaufmann für Cu-Schrotte gesucht wurde. Die Anzeigen waren im Juni, Juli und November 1974 erschienen, aber offenbar erfolglos geblieben. Jahre später habe ich den Handlungsbevollmächtigten persönlich auf der Straße getroffen und wir haben uns darüber unterhalten. Dabei erwähnte er, dass erst Ende der 70er-Jahre jemand eingestellt wurde.

Ich bin am 1.4.1982 wieder in meinen erlernten Beruf als NE-Metallkaufmann zurückgekehrt und dort über 21 Jahre dabeigeblieben, wovon ich meinen lieben Ex-Kollegen nie etwas erzählt habe.

Die kanadische Firma in Düsseldorf ist dann Ende der 70er-Jahre dichtgemacht worden. Wie ich hörte, wollte der Geschäftsführer, mein Ex-Abteilungsleiter, eine Kapitalerhöhung, die aber von den kanadischen Eignern abgelehnt wurde. Es ging dann wohl Knall auf Fall mit der Auflösung und Abfindung der Beschäftigten.

Der Handlungsbevollmächtigte, inzwischen selbstständig mit City-Büro in meiner Heimatstadt, hat mir dann Jahre später in einem Gespräch offenbart: „Achim, sei froh, dass du nicht gekommen bist." Das fand ich ehrlich.

Es war mir mit all diesen negativen Erlebnissen klar geworden, dass ich von meinen Ex-Kollegen, meinem Neurologen, meinem Hausarzt oder sonst jemanden keinerlei Hilfe zu erwarten hatte, aber das Fatale an der Krankheit ist, dass es keinen Stillstand gibt, auch nicht nachts. Mit anderen Worten: Die Krankheit schläft nicht. Es gab damals auch nur dieses eine Medikament, nämlich Cortison, womit man die überschießende Immunreaktion stoppen konnte. Der

Fortgang der Krankheit ließ sich überhaupt nicht voraussagen. Eine Dauermedikation mit Cortison schied aber auch aus, denn es gibt schlimme Nebenwirkungen (mehr dazu in einem späteren Kapitel). Ein zweites Medikament habe ich nie bekommen, gab es wahrscheinlich auch gar nicht in den 70er-Jahren. Ich weiß noch von einer Bemerkung meines Neurologen, der sagte, dass er sich mal beim Klinikum Essen über neue Medikamente erkundigen wollte.

Zu dem dauerhaften Verlust meiner Gesundheit, der Ungewissheit, was weiter sein wird, kam also noch der Verlust des erlernten Berufes und hoher finanzieller Schaden. Was ich in den vier Jahren vorher verdient hatte, reichte vorne und hinten nicht, nicht mal für eine größere Reparatur meines Wagens, den ich unter der Ära dieses Abteilungsleiters abschaffen musste. Er hatte es bewusst auch darauf angelegt, mich kurz zu halten, denn ich besaß damals schon ein Haus, er aber nicht. Er war überhaupt immer derjenige, der in die Privatsphäre seiner Mitarbeiter mit abfälligen Bemerkungen über Aussehen und Verhalten hineingeredet hat. Ein echter Kotzbrocken.

Eine äußerst verzwickte Situation, in die ich von heute auf morgen hineingeraten bin.

Mein zweiter Kuraufenthalt – eine offene Badekur – in Bad Oeynhausen im Sommer 1976

Diese Kur war wirklich eine feine Sache, da ich tagsüber meine Anwendungen in den verschiedenen Kureinrichtungen hatte, aber ansonsten frei war, vor allem abends. Bad Oeynhausen hatte eine Menge zu bieten. In einigen der Kneipen gab es Alleinunterhalter. „Ein Bett im Kornfeld" von Jürgen Drews war der Hit und wurde bis zum „Unerträglichen abgedroschen".

Der Kurarzt sagte: „Wenn wir Interferon schon hätten, dann hätten wir eine Waffe gegen Multiple Sklerose." Und dann sagte er: „Sie wären mit dieser Krankheit besser Beamter geworden."

Diese dreiwöchige Kur hätte ich später gerne wiederholt, aber meine Angst vor „Entdeckung" meiner Krankheit durch den Arbeitgeber hat mich bis 2005 davon abgehalten, eine neue Kur zu beantragen. Über Angst schreibe ich in einem späteren Kapitel.

Zeitsprung ins Jahr 2011 Ende Dezember

Mir fällt ein neues Buch in die Hände, als ich mich im Düsseldorfer Hauptbahnhof aufhalte.

Titel: Patient im Visier – Die neue Strategie der Pharmakonzerne, erschienen im Suhrkamp-Verlag 2011.

Zitat von Seite 57

„Gerade bei der Therapie mit sogenannten Interferon-Medikamenten wollen viele Patienten abbrechen, weil es ihnen aufgrund der Nebenwirkungen oft extrem schlecht geht. Hinter der vermeintlichen Vermittlung von Hilfe steckt also ein finanzielles Interesse."

Und weiter auf Seite 73

„Was hier verschwiegen wird: Viele MS-Patienten leiden bei diesen Interferon-Medikamenten unter fürchterlichen Nebenwirkungen nach jeder Spritze. Sie haben Fieber, starke Gelenk- und Rückenschmerzen und brauchen ständig Schmerzmittel, um es auszuhalten. Betroffene haben uns erzählt, dass sie regelrecht Angst vor dem Spritztag haben, und manche wollen deshalb die Therapie abbrechen. Die Aufgabe der ‚Pharmaschwestern' liegt darin, genau das zu verhindern und dem unheilbar Kranken einzureden, es werde irgendwann besser. Jede Woche, die ein Medikament weiter genommen wird, bringt dem Hersteller Geld."

Zwei Absätze weiter heißt es: „Wie dreist die Pharmafirma ist, bemerken wir durch einen Zufall. Auf der DVD gibt es einen Abspann unter dem Punkt ‚Über die DVD'. Wir haben nur aus Versehen darauf geklickt. Wir können kaum glauben, was wir da lesen:

‚Alle auf der DVD vorkommenden Personen sind frei erfunden und von Schauspielern dargestellt. Die Biographien dieser Personen sind fiktiv.'

Auch im Begleittext zur DVD findet sich nur im Kleingedruckten dieser Hinweis."

Mein Leben nach dem zweiten Schub

Das Jahr 1974 konnte ich vollständig abschreiben, denn ich war krankgeschrieben und bis auf die Fahrt nach Hachen und den Kuraufenthalt in Zwesten nur zu Hause.

Aber ich war heilfroh (so komisch sich das auch anhört), dass MEINE Krankheit auch einen Namen hat.

Ich forschte jetzt gezielter nach Möglichkeiten und Alternativen. Das Erstaunliche trat ein. Die Krankheitsaktivität war verschwunden. und mein Zustand war vollkommen stabil – wider Erwarten des Neurologen. Ich spürte, dass ich keine Medikamente mehr brauchte.

Ich konnte jetzt also meinen Körper stärken und wieder aufbauen (mehr dazu in den nächsten Kapiteln).

Ich habe dann ein Studium 1975 in Wirtschaftsorganisation aufgenommen und auch abgeschlossen. Und ich begann nach dreieinhalb Jahren Auszeit wieder ins Arbeitsleben zurückzukehren, nämlich am 1.6.1977. Ich trat als Übersetzer, Promoter und Verkaufssachbearbeiter bei einer japanischen Firma in Düsseldorf ein (immerhin ausgewählt aus 27 Mitbewerbern).

Ich war heilfroh, dass mir diese Chance geboten wurde. Die Verständigung untereinander (nur in Englisch) war oftmals problematisch (wegen unterschiedlicher Kulturkreise) und kontroverse Auffassungen über die Länge des Urlaubs und andere Dinge (Arbeitszeit) machten die Zusammenarbeit schwierig. Aber ich war froh, wieder einen Job zu haben und endlich Geld zu verdienen. Das hat mir mächtig Auftrieb gegeben.

Diese Stelle in dieser Papierhandelsfirma sollte sich später als das „Sprungbrett" für weitere berufliche „Höhenflüge" erweisen. Ich begann also – langsam, aber sicher – aus der sauren Zitrone, die mir das Leben gereicht hatte, eine Limonade zu machen.

Multiple Sklerose – Die Krankheit der 1000 „Gesichter"

Ich hatte früher während meiner Metallhändler-Tätigkeit die unangenehme Art, meine Geschäftspartner mit Fragen und Anfragen und zum Teil unnötigen Rückfragen zu „bombardieren". Das hat dazu geführt, dass mich eine Züricher Firma unbedingt kennenlernen wollte, mich eingeladen hat und mir ein Job-Angebot für deren Nürnberger Niederlassung unterbreitete.

Das Gleiche ist damals mit einer Pariser Firma geschehen, die mich ebenfalls bei voller Kostenerstattung zu sich einlud. Dummerweise habe ich meinen Kollegen die exakte Abflugzeit meines Flugzeugs in Düsseldorf verraten. Sie haben sich prompt erkundigt, wohin die Reise ging. Es gab nur ein Flugzeug mit dieser Startzeit: Das war Destination Paris.

Sie haben mir hinterher offenbart, dass sie sich informiert hatten. Ich fand das hinterhältig.

Heute – mit großem Zeitabstand – sehe ich meine damalige Penetranz sehr kritisch. Es war krankhaft und bestimmt ein „Gesicht" der MS. Solange ich im Getriebe des Tagesgeschäfts steckte, war die fortschreitende Entzündung in meinem Zentralnervensystem für mich günstig, aber letztlich habe ich durch meine Nachlässigkeit, die Krankheit zu ignorieren und Warnzeichen bewusst zu übergehen, mir für mein weiteres Leben schwer geschadet.

Es ist aus beiden Einladungen dann doch nichts geworden. Vielleicht habe ich auch einen äußerst schlechten Eindruck hinterlassen.

Meinem damaligen Abteilungsleiter gefiel meine Art natürlich, zumal ich mich – ohne einen Händlervertrag mit meinem Arbeitgeber zu haben – für relativ bescheidenes Geld (nach heutiger Währung habe ich dreieinhalb Jahre lang 700 Euro brutto/Monat, anfangs noch weniger verdient), so stark ins Zeug legte. Mein persönlicher Ehrgeiz (so stand es im Arbeitszeugnis) und mein Fleiß war die Encephalomyelitis disseminata (auch kurz als E.D. bezeichnet.) Damit „tarnen" Ärzte gern die Krankheit auf Rezepten usw.

Ich kann mich erinnern, dass ich mal aus der fünften Etage unseres Bürogebäudes zu Fuß nach unten gelaufen bin. Irgendwann auf der Marmortreppe stockte mein Fuß. Es war ein Warnzeichen, wurde jedoch von mir übergangen.

Ein anderes Mal bin ich während unserer Mittagspause über die Königstraße in Duisburg gelaufen und bemerkte nicht, dass mir meine Kollegen entgegenkamen. Sie haben es mir hinterher gesagt.

Mein Kollege gegenüber im Büro bemängelte, dass ich gar nicht so recht wüsste, warum ich etwas tue. Oder ein anderes Mal nannte er mich „Schizo" (von schizophren).

Es waren alle möglichen Nachlässigkeiten, die sich einstellten. So habe ich lange Zeit eine Rechnung für eine Geschäftsreise nicht bezahlt, so dass eine Beschwerde bei meinem Vorgesetzten erfolgte. Ich denke an viele Dinge heute mit Grausen zurück.

Weitere Gesichter der Multiple Sklerose

Die Krankheit macht leichtsinnig, fahrig und nachlässig

Die Encephalomyelitis disseminata im Vorstadium der Multiple Sklerose löst Nervengewebe auf, das Myelin (Markscheide), die die Isolierschicht der Nerven darstellt, und die Axone (die Nervenfortsätze) im Zentralnervensystem (Gehirn und Rückenmark), und vernarbt dann schließlich, geht also dann in die Multiple Sklerose über.

Man kann sich das so vorstellen, dass man im Vergleich von einem ICE auf eine S-Bahn umsteigt – mit vielen Haltepunkten.

Ich kann mich erinnnern, dass auf der Krankenstation, auf der ich 1968 lag, ein paar Zimmer weiter ein Mann gelegen hat, von dem gesagt wurde, dass er ganz langsam zugrunde geht. Ich habe natürlich aus Neugier auch mal einen Blick ins Krankenzimmer geworfen. Eigentlich war nichts Besonderes an ihm, aber unheimlich bei dem Gedanken des langsamen Todes war mir schon. Er hatte MS. Dass ich fünf Jahre später auch die Diagnose „MS" bekomme, konnte ich nicht im geringsten ahnen. Dafür war ich noch zu jung. Das einzig Positive an dem damaligen Krankenhausaufenthalt war, dass ich Skatspielen gelernt habe.

Fahrig war ich eigentlich schon im Kinder- und Jugendalter. Unsere Hausnachbarin sagte mal zu meiner Mutter: „Ihr Sohn ist nervös. Das sieht man doch." Ich habe daher angenommen, dass ich etwas für meine „flatternden Nerven" tun muss und habe durch Einnahme von Baldriantabletten- und tropfen oder auch Kamillentee versucht, meiner Nervosität beizukommen oder sie gar zu heilen. Es hat alles nur vorübergehend gewirkt, dann kam die unheimliche Nervosität wieder. So führte ich einen verzweifelten Kampf mit mir selbst.

Es war ein hoffnungsloses Unterfangen und unnütze Geldausgabe. Ich konnte ja nicht ahnen, dass sich in meinem Zentralnervensystem eine Entzündung „austobt".

Meine Mutter war im Reformhaus tätig und die Reformhaus-Inhaberin mokierte sich schon mal darüber, wenn ich von Regal zu Regal ging, die Beschreibung auf den Reformprodukten aufmerksam studierte und so auf der Suche nach dem „richtigen" Mittel für meine Beschwerden war.

Die Reformhaus-Inhaberin hat bestimmt gutes Geld an uns verdient und ich bin immer ärmer geworden, auch an Körpersubstanz, denn was einmal durch Entzündung abgebaut ist, wird im Zentralnervensystem nicht wieder ersetzt, regeneriert sich also nicht. Das erzählt kein Mediziner dem Patienten. Insgeheim schlagen diese Götter in Weiß doch die Hände über den Kopf zusammen und denken: Was für eine schlimme Krankheit! Man kann auch sagen: lebenslänglich ohne Bewährung.

Ich war Anfang der achtziger Jahre Außendienstmitarbeiter einer Düsseldorfer Firma. Es wird natürlich im Außendienst Wert auf gepflegte Kleidung gelegt. Ich hatte einmal ein Hemd mit kleinem Blümchenmuster angezogen. Mein Chef monierte das mit den Worten: „So können Sie sich aber draußen bei den Schrotthändlern nicht sehen lassen." Ein anderes Mal habe ich zwei unterschiedliche Strümpfe angezogen. Auch das hat mein Chef gemerkt. Er wurde in den 30er-Jahren geboren und hatte das Dritte Reich miterlebt. In dieser Zeit wurden Disziplin und preußische Tugenden bekanntermaßen hochgehalten.

Leichtsinnig war ich auch, als ich bei der japanischen Firma aus Frust heraus selbst gekündigt habe, ohne einen neuen Vertrag in Händen zu haben. Ich habe es trotzdem geschafft, eine Beschäftigung direkt im Anschluss zu bekommen.

Das Gleiche zweieinhalb Jahre später. Mein Chef hatte vor, mir zu kündigen. Ich wollte aber nicht als Gekündigter gelten. So habe ich mich an die Schreibmaschine in der Firma gesetzt und mein eigenes Kündigungsschreiben verfasst. Und wieder habe ich es geschafft, ohne Unterbrechungen, ganz normal bei einer neuen Firma mit echten Zukunftsperspektiven und sogar im Metallbereich anzufangen, bei der ich schließlich – wie schon erwähnt – über 21 Jahre beschäftigt war.

Es war der Glücksfall schlechthin in meinem Leben und in der beruflichen Laufbahn.

Immenser Fleiß – ein fataler Trugschluss!

Wie schon eingangs erwähnt, war ich während meiner Berufstätigkeit sehr agil und immer fleißig. Ich habe selbst nicht gemerkt, dass dies kein normaler Antrieb war, sondern krankhaft erzeugter Aktionismus durch die sich immer mehr ausbreitende Entzündung in meinem Zentralnervensystem.

Dies wurde ausgenutzt und verkannt durch Vorgesetzte, die glaubten, dass sie mich richtig führen würden. Prompt wurde das auch so interpretiert, dass man mit mir alles machen könnte, was man nur wollte. Die euphorische Stimmung des MS-Kranken, die über den wirklichen Krankheitszustand hinwegtäuscht, führt und verleitet dazu, von den „lieben" Kollegen oder Freunden total ausgenutzt zu werden.

Bei anstehenden Gehaltserhöhungen wurde ich bewusst übergangen. Mein Abteilungsleiter war sogar so frech, dass er von mir Überstunden forderte mit den Worten: „Sie sind doch Junggeselle. Da können Sie doch Überstunden machen." Bezahlung? Fehlanzeige! Nie hat er sich für meine internationale Geschäftstätigkeit für einen neuen Vertrag eingesetzt, sondern mein bestehender Vertrag als Sachbearbeiter für die Auftragsabwicklung wurde stillschweigend beibehalten. Die Geschäftsleitung war darüber gar nicht informiert, sondern glaubte, dass ich mit meinen Geschäften eine intensive Diversifikation betreibe.

Diese Fehlbeurteilung führte dazu, dass ich bei der Geschäftsleitung als jemand bezeichnet wurde, der noch nicht so weit ist und erst noch „wachsen" müsse. Entsprechend fiel dann auch mein Zeugnis aus: Mein Abteilungsleiter wollte in meinem Zeugnis schreiben: „Er war fleißig und ehrlich", was ich aber noch soeben verhindern konnte. Auf meine Intervention wurde es in „stets einsatzfreudig und ehrlich" umgewandelt.

Meine Mutter hatte sich bei meinem Neurologen über diese Krankheit kundig gemacht und ihm davon berichtet, dass ich tüchtig sei und auch sehr clever. Die Antwort war: „Das ist ja gerade die Krankheit. Er ist zu clever!"

Ich habe mich nach Auftreten meiner MS-Erkrankung rigoros von meinen Ex-Kollegen und mir unliebsamen Menschen getrennt und weitere Telefonanrufe verboten, da mir diese Leute beim Neuaufbau meiner Kontakte nur im Wege standen und mir mehr schaden als nützen konnten.

Gleiches empfehle ich allen Neu-Erkrankten, denn auf solche ihnen nicht oder nicht mehr wohlgesonnenen, dazu verständnislosen und hinterhältigen Mitmenschen, die oftmals auch noch von ihrer Karriere besessen sind, können sie fortan wirklich verzichten.

Anders sehe ich das, wenn man in einer Anstellung ist. Es wäre fast Selbstmord, sich zu outen, solange keine offen erkennbaren Behinderungen bestehen. Das Gerede hinter dem Rücken wäre unerträglich.

Meine Stellensuche mit der Krankheit Ende der sechziger Jahre

Ich hatte mich bei einem ortsansässigen Stahlunternehmen beworben, nichts Besonderes, als kleiner Angestellter im Rohrwerk. Natürlich habe ich eine ärztliche Eingangsuntersuchung machen müssen. Dabei erwähnte ich meinen Krankenhausaufenthalt. Der Betriebsarzt bat mich, ihm den Krankenhausbericht zukommen zu lassen. Das habe ich – brav-naiv, wie ich war – auch getan. Ich besorgte also den Bericht von meinem Hausarzt und übergab den verschlossenen Briefumschlag, ohne im geringsten zu ahnen, dass die Ausführungen schon mein „Todesurteil" waren. Es stand zwar drin, es war eine passagere Virusinfektion, aber ganz ausgeschlossen wurde der Verdacht auf Encephalomyelitis disseminata nicht.

Prompt bekam ich die Absage des Unternehmens. Es gab dann noch ein kontroverses Telefongespräch zwischen dem Betriebsarzt und meinem Hausarzt, der aber die Sache wohl total verkannte. Er hatte keine Ahnung von organisch bedingten Nervenerkrankungen.

Ich bat die Personalabteilung telefonisch um eine andere Möglichkeit, in diesem Unternehmen zu arbeiten, aber auch das wurde abgelehnt. Mein Vater, der in dem Betrieb mehr als 25 Jahre beschäftigt war, zeigte sich außerordentlich wütend auf mich, weil ich dort nicht angenommen wurde.

Später handelte ich etwas schlauer und habe verschlossene Briefumschläge von Ärzten einfach selber geöffnet und den Bericht fotokopiert, damit auch ich über meine Krankheit im Bilde war und nicht nur die anderen.

Ich steckte voll in einem Dilemma. Die Krankheit machte keine Pause, auch nicht nachts. Sie war nämlich schon chronisch-progredient geworden und ich ein Getriebener meines Körpers.

Man muss sich diese schlimme Situation einmal vorstellen: Ärzte „mauern" mit Informationen oder sind gleichgültig, der Vater mault den Sohn an und ich selbst bin überaus nervös, unwissend, alleingelassen mit der Krankheit. Ich möchte diese Zeit nicht noch einmal durchmachen.

Was hätte alles passieren können? Von Sehnerventzündung bis Erblindung, von Harnverhalt bis Nierenversagen, von epileptischen Anfällen bis zu schweren Depressionen usw., usw. Alles wäre möglich gewesen.

Ich hatte in den späteren Jahren 1968/1969 einen sehr netten Kollegen namens Theo.

Mit ihm habe ich mich gut verstanden. Irgendwann, nachdem er die Firma bereits verlassen hatte, erfuhr ich, dass er an Multiple Sklerose erkrankt war und dann mit etwa 38 Jahren verstarb. Nicht an der Krankheit selbst, sondern an Nierenversagen – so wurde berichtet.

Ich wollte aber damals einfach nicht wahrhaben, dass auch ich an dieser Erkrankung litt.

Ich habe weiterhin wie wahnsinnig gearbeitet, übermäßig viel Alkohol getrunken, bin betrunken Auto gefahren, habe in Urlauben in Spanien in der prallen Sonne gelegen. Einfach fatal!

Selbstversuche (Selbstmedikation) notwendig oder gefährlich?

Ich denke, dass muss jeder mit sich selbst ausmachen und auch selber verantworten. Ich habe Selbstversuche gemacht, mit verschiedenen Substanzen (auch in Überdosis) und in Kombination mit anderen, natürlichen, frei verkäuflichen Mitteln (auch Nahrungsergänzungsmittel genannt,) wie z. B. Magnesium, Kalium, Kalzium, Nikotinsäure (Niacin = Vitamin B 3. Über Vitamin B 3 berichte ich in einem separaten Kapitel), Pantothensäure, Glutaminsäure,

Vitamin B 12, Blütenpollen und Gelee Royale, Spirulina und Chlorella-Algen, Zell-Oxygen (ein Präparat mit lebenden Hefezellen) usw.

Es klingt alles etwas verrückt und chaotisch, aber man muss hier beachten, dass dies über einen Zeitraum von zehn bis 15 Jahren ablief. Ich hatte außer der Entzündung ja auch noch die Begleitsymptome der MS, nämlich Fatigue (Müdigkeit) und Energieverlust zu bekämpfen.

Immerhin habe ich Recht behalten. Meine Überlebens-Zeit hat sich bis heute – 2012 – nahezu verdoppelt. Was ich aber ausdrücklich betone, ist, dass ich niemals Rauschdrogen oder Designerdrogen wie Ecstasy genommen habe.

Ich denke sogar, man muss an sich selbst experimentieren (in Grenzen natürlich), will man sich nicht allein auf pharmakologische Medikamente verlassen. Oftmals ist man dann verlassen, wenn die Krankheit trotzdem weiter voranschreitet oder gravierende Nebenwirkungen auftreten. Dann muss auf ein neues, möglicherweise noch teureres Medikament (meist ein „schwereres Geschütz") umgestiegen werden.

Es darf bei aller Experimentierfreudigkeit nicht übersehen werden, dass bei der Krankheit im Akutstadium oder bei einem sich anbahnenden Schub ein schneller Erfolg herbei muss.

Dieser ständige Spannungszustand zerrt zusätzlich noch an den Nerven. Die Situation, in der sich ein

MS-Kranker befindet, ist schon sehr, sehr belastend. Für den Kranken selber und die Angehörigen.

Gerade diese schicksalsbedingten Krankheiten werden meines Erachtens in Krankenhäusern oder von Fachärzten so gesehen, als gäbe es für den weiteren Verlauf der Krankheit keinerlei Ausweg, keine Alternative. Das habe ich für mich nicht gelten lassen.

Dass Ärzte damals so sträflich übersahen, dass es bei einem 19-jährigen Mann um mehr geht, als kurzzeitig die Symptome der Krankheit zu unterdrücken, habe ich eigentlich bis heute nicht verarbeitet. Es geht doch auch noch um Zukunft, Glück, Familienplanung usw. Das kann man auch als unterlassene Hilfeleistung bezeichnen, überspitzt gesagt, doch das Verhalten ist juristisch nicht anfechtbar.

Wenn die angebotenen und gerade auf dem Markt zur Verfügung stehenden Mittel nicht wirksam genug sind, gibt es vielleicht doch noch einen Ausweg mit „natürlichen Mitteln".

Nur bei diesen milder wirksamen Mitteln sollte man dann nicht kleckern, sondern klotzen.

Ich habe von Medizinern gehört, die berichteten, dass die meisten MS-kranken zwei bis drei Ärzte und auch noch Heilpraktiker konsultieren, auch anthroposophisch orientierte Ärzte.

Ich gehöre noch zu einer Generation, die Nervenkranke „als Idioten" bezeichnet haben und diese besser in einer Landesklinik aufgehoben sahen. Von organisch bedingten Nervenkrankheiten (die MS ist eine solche) hatte ich nie zuvor gehört. Darüber hat mich auch nie eine Neurologe aufgeklärt.

Wenn ein Facharzt wie Dr. Weihe (selbst Autor mehrerer MS-Bücher), der im MSK e.V.-Mitglieder-Magazin Ausgabe 4/11 zu Leserfragen Stellung bezieht, den Zustand in der Medikamentation der MS beschreibt als „Es geht alles schrecklich durcheinander" – „Ich bin beunruhigt, weil alles so kompliziert geworden ist" – „Selbst ich, der es besser wissen sollte, habe den Überblick verloren" und dann am Ende des Interviews von: „Mehr Piraten in die MS-Forschung?" spricht und schließlich: „Wir brauchen mehr ausgefallene Ideen, etwas, was den Pharmakonzernen nicht in den Kram passt. Kurz: mehr Piraten unter den jungen Forschern.", dann kann nach diesen mutigen Äußerungen selbst ein Nicht-Betroffener sich vorstellen, was für ein Durcheinander an Meinungen und Medikamentation in diesem medizinischen Bereich herrscht.

Ich hoffe sehr, mit diesem Buch auch einer der Piraten zu sein und einen winzig-kleinen Beitrag zur Neu-Besinnung und Neu-Ausrichtung – vielleicht auch nur einen Denkanstoß – für die MS-Forschung leisten zu können und für die Betroffenen eine Perspektive aufzuzeigen.

Chemie kontra Naturmedizin?

Eine kritische Betrachtung

Jede Therapie hat sicherlich ihre Berechtigung. Sie ist aber auch immer eine Kostenfrage. Pharma-Analysten der West-LB gehen davon aus, dass die Umsätze mit MS-Mitteln in den nächsten vier Jahren auf etwa 14,5 Mrd. Dollar expandieren werden (Handelsblatt vom 23.12.2011).

Andererseits: Es wird heute sehr oft über die Eigenverantwortung gesprochen, nicht erst, seit der Ex-Bundeskanzler Gerd Schröder dem Volke die Hartz-IV-Gesetze verordnete.

Ich bin oft auf Info-Veranstaltungen unseres Klinikums mit Beteiligung und Info-Ständen von Pharma-Unternehmen (auch MS-Kolloquium genannt). Dort hält dann eine gut ausgebildete junge Ärztin – unter den Augen des neurologischen Chefarztes – ein Referat und stellt „ältere" und brandneue Pharmaprodukte mit Nutzen-/Risiko-Abwägung vor.

Es wird dann gut und gerne von „Benefit" für den Patienten gesprochen. Wenn nur diese Medikamente auch wirklich mal „fit" machen würden! Doch die Wirksamkeit dieser Phamaprodukte wird so gut wie immer mit zum Teil heftigen Nebenwirkungen „erkauft", bei einem Medikament sogar mit möglichem tödlichem Ausgang. Nach dem derzeitigen Stand der Forschung kann aber keine Heilung versprochen oder erreicht werden, d.h. mit anderen Worten, der Patient ist lebenslang abhängig von diesen Medikamenten wie ein Drogensüchtiger von seinem Stoff.

Ich möchte an dieser Stelle keineswegs jemanden zuraten, diese verordneten Medikamente ganz wegzulassen.

Ich habe es aber – ohne Wissen der Ärzte – selbst getan, und zwar noch im Krankenhaus nach meinem zweiten Schub. Ich habe die verordneten Cortison-Tabletten nicht mehr genommen, ohne eine ausschleichende Phase einzuhalten. Gleiches zu tun, empfehle ich unter keinen Umständen.

Zitat aus www. rheuma-online.de

„Mögliche Wirkungen von Cortison

Die Hauptprobleme der Cortisontherapie ergeben sich daraus, dass Cortison nicht nur ein Medikament ist, sondern als körpereigenes Hormon auch ganz bestimmte Aufgaben im Körper hat. Wenn Cortison als Medikament dem Körper über die von ihm produzierte Menge zusätzlich von außen zugeführt wird, werden dadurch einige wichtige Körperfunktionen (z. B. im Stoffwechsel oder bei der Immunabwehr) beeinflusst.

Dies geschieht umso mehr, je höher die Cortisondosis ist und je länger Cortison gegeben wird. Die

ungünstigste Kombination ist die Gabe hoher Corti-
sonmengen über einen längeren Zeitraum. Bei einer
kurz dauernden Gabe (z.B. als Einmaldosis oder über
einen kurzen Zeitraum von 1–3 Wochen) in der
Akuttherapie ist Cortison selbst in hohen Dosen mit
ganz wenigen Ausnahmen praktisch frei von uner-
wünschten Nebenwirkungen.

Bei der länger dauernden Therapie oder sogar bei der
Therapie über Jahre hängt das Auftreten von uner-
wünschten Nebenwirkungen entscheidend von der
Dosis ab. Als sehr grobe Faustregel gilt, dass Cortison
von den meisten Patienten auch über einen längeren
Zeitraum ohne unerwünschte Nebenwirkungen ein-
genommen werden kann, wenn die Tagesdosis 5 mg
Prednisolon nicht überschreitet.

Umgekehrt führen bei einer längerdauernden Thera-
pie (mehr als 3–4 Wochen) Cortisonmengen von
mehr als 10 mg Prednisolon pro Tag bei den meisten
Patienten zu unerwünschten Nebenwirkungen.

Die wichtigsten und häufigsten sind:
1) Steigerung des Appetits und dadurch bedingte
   Gewichtszunahme
2) Einlagerung von Wasser in das Gewebe und ‚Auf-
   schwemmen‘, ‚Vollmondgesicht‘, „Stammfettsucht‘
   oder auch ‚Cushing-Syndrom‘
3) Infektanfälligkeit
4) Störung des Zuckerstoffwechsels"

Ich selbst hatte nach eineinhalb Monaten Krankenhausaufenthalt ein Vollmondgesicht.

Ich wiederhole:

Meine Meinung und Erfahrung am eigenen Körper sind, dass der Patient zur Erhaltung des „Erreichten" auf Naturmedizin umstellen und ausprobieren sollte, ob diese zur Stabilisierung des Gesundheitszustands ausreichend ist.

„Als Betroffener hätte ich mir daher einen mehr naturheilkundlich orientierten, zusätzlichen Behandlungsanteil gewünscht, der die Selbstheilungskräfte stärkt" (aus www.onkologische-praxis-muenchen.de).

Ich habe die fortschreitende Entzündung in meinem Körper sehr gut wahrgenommen und kann heute auch beurteilen, ob neue Herde entstehen oder meine MS stabil ist.

Für mich hatte sich ja schon mit 19 Jahren die Frage gestellt: Was wird werden – normales Leben oder Siechtum oder Rollstuhl oder Tod? Das ist furchtbar.

Kritische Anmerkung des Verfassers über die Hartz IV-Gesetze, die seit 1.1.2005 in Kraft sind:

Ich halte diese Hartz-IV-Gesetze für eine Zumutung gegenüber Arbeitnehmern, die 30, 40 oder 45 Jahre ununterbrochen geschuftet haben. Diesen Leuten wird der Boden unter den Füßen weggezogen, vor allem und insbesondere, wenn diese gesundheitlich angeschlagen sind. Es werden immer mehr, die in prekären Arbeitsverhältnissen leben, die krank machen.

Der Mehrbedarf an Medikamenten und Stärkungsmitteln in der Rekonvaleszenz wird in dem kärglichen Regelsatz mitnichten berücksichtigt.

„Sofortmaßnahme"

Bereits im häuslichen Bett verabreichte meine Mutter mir milchsauer vergorenen Rote Bete-Saft und Möhrensäfte aus dem Reformhaus. (Man kann auch zur Abwechslung milchsauer vergorenen Sauerkrautsaft nehmen oder alles zusammen mischen.) Sie hatte wohl instinktiv das Gefühl, dass mir diese Säfte gut tun würden.

Es scheint überhaupt sehr wichtig zu sein, dass es sich um Flüssigkeiten handelt, die schnell ins Blut übergehen und möglicherweise sogar die Blut/Hirn-Schranke penetrieren (durchdringen). Und dann auf diesem Wege – nach und nach – ins Nervenwasser vordringen und dort ihre Wirkungen entfalten. Das ist aber reine Theorie, wissenschaftlich unbewiesen. Dies wäre in einer groß angelegten Klinikstudie zu überprüfen. Es gilt, die wie auch immer gearteten Entzündungszellen (Slow-Viren oder Allergene) in ihrer schädigenden Wirkung auf die Markscheiden und die Nervenfortsätze zu eliminieren.

Ich habe von diesen Säften aus totaler Verzweiflung literweise getrunken, denn ich wollte nur eins: leben,

leben um jeden Preis – koste es, was es wolle. Nie habe ich irgendeine Nebenwirkung verspürt, nicht mal Übelkeit wegen der hohen Zufuhr von Milchsäure. Das kann natürlich bei jedem individuell verschieden sein.

Auch die Kombination, gleichzeitig Cortison-Tabletten und milchsäure-haltige Säfte einzunehmen, war bei mir unproblematisch. Ich hatte wirklich keinerlei Nebenwirkungen.

Ich hatte einen unbändigen Willen, nicht der Multiple Sklerose zu unterliegen und begann noch im Krankenbett, sofort allerlei Informationsmaterial zusammenzutragen, um Klarheit und Hintergründe über meine Krankheit zu erfahren.

Ich war ja schon äußerst dankbar und zufrieden, dass „meine" Krankheit endlich auch einen Namen hatte. Nun wusste ich, woran ich bin. Außerordentlich hilfreich war schon die Bemerkung meines Nervenarztes an meine Mutter, dass der Auslöser dieser Krankheit entweder ein Virus, eine Allergie oder eine Auto-Agression seien. Letzteres schließe ich heute aus, denn dann müssten alle Ackermänner eine MS bekommen.

War der „Schlüssel" meiner Gesundung die rechtsdrehende Milchsäure? Ich weiß es nicht, so leid es mir tut. Es wäre eine äußerst gewagte These, dies zu behaupten, denn dies ist durch NICHTS bewiesen, NICHT klinisch überprüft wie z. B. in Doppelblindstudien. VIELLEICHT AUCH WAR ES NUR ZUFALL, dass es bei mir „angeschlagen" hat.

Es sollte auf jeden Fall die rechtsdrehende Milchsäure sein. Ein Doktor der Chemie in unserer Firma hat mal gesagt: „Die rechtsdrehende Milchsäure ist die natürliche, im Körper vorkommende Milchsäure."

Die Kur aus der Natur

Ich habe von einem Hoch-Konzentrat im Jahre, 1974/1975 etwa 1,5-3 Liter zu mir genommen. Der Reformhaus-Inhaber wunderte sich, dass dieses Produkt so plötzlich so häufig verkauft wurde. Ich war wahrscheinlich der einzige Kunde. Der Preis für 250 ml lag damals umgerechnet bei 6,75 Euro und für 100 ml bei 3,75 Euro. Ich weiß es so genau, weil ich die Verpackung aufgehoben habe. Heute ist das Produkt wesentlich teurer, aber immer noch erschwinglich.

Es ist ein biologisches Molken-Konzentrat, ein reines, unverfälschtes Naturprodukt von hoher gesundheitlicher Wertstufe, das die biologisch wichtigen wasserlöslichen Anteile hochwertiger Weideviehmilch enthält.

Molkur führt dem Körper Mineral- und Wirkstoffe zu. Größte Bedeutung hat Molkur als natürlicher Schutz bei Erkältungskrankheiten und infektiösen Erkrankungen im Hals- und Magen/Darm-Kanal (lt. Herstellerangaben der Firma Galactopharm Dr. Sanders, Sögel. Internet: www.galactopharm.de).

Durch seinen Gehalt an natürlicher Milchsäure ist Molkur stoffwechselfördernd, darmreinigend und bakterienfeindlich.

Im Firmenprospekt werden die Abwehrreaktion und die Stärkung der körpereigenen Abwehrkräfte und Aktivierung des Immunsystems hervorgehoben. Durch die Aktivierung des darmassoziierten Immunsystems im Dünndarm werden auch Wirkorte wie Bronchien, Milchdrüsen und der Nasen- und Rachenraum aktiviert und somit die Abwehrleistung des Körper noch weiter gestärkt.

Aus dem Prospekt: „Der Wirkstoff ist in der Lage, das Immunsystem des Menschen zu balancieren. Bei zu starker Abwehrreaktion wie beispielsweise allergischen Erkrankungen wird die Immunreaktion reduziert. Bei zu geringer Abwehrleistung, wie zum Beispiel bei chronischen Infekten, wird das Immunsystem gesteigert.“

Molkur ist seit Jahrzehnten seiner vielgerühmten Gesundheitswerte wegen weit und breit geschätzt. Seine tiefere Bedeutung liegt einmal in seinem Reichtum an lebenswichtigen Mineral- und Wirkstoffen und zum anderen in seinem Gehalt an natürlicher Milchsäure.

Dieser obliegt es, für die Erhaltung der symbiotischen Darmmikrobenflora zu sorgen, die von maßgebenden Einfluss auf die Aufbereitung gewisser, sonst unverdaulicher Nahrungsbestandteile und für das Fernhalten gesundheitsschädigender Fremdbakterien ist und so einen wesentlichen Erkrankungsschutz bildet.

Ich habe im April 1975 einen Glaubenssatz aufgeschrieben:

Ich brauche nicht mehr zu lesen!!! Wenn mir fünf große Flaschen MOLKUR nicht helfen gegen die Entzündung, gut, dann ist es aus – soll es sein, wie es sei!

Ich habe damals nach dem Motto gehandelt: Besser alles nur Denkbare und Mögliche tun, Geld in die Zukunft zu investieren und nach dem kleinsten Strohhalm greifen, als am Ende am Stock zu gehen. Ich habe mit dieser Einstellung Recht behalten.

Lezithin als Aufbaustoff

Lezithin besteht aus hochwertigen Phospholipiden der Sojabohne. Diese wichtigen Körpersubstanzen sind Bestandteile der Hirn- und Nervenzellen sowie aller Gewebe. Phospholipide unterstützen die Verteilung und den Transport von Fettstoffen im Körper. Der Organismus regelt mit ihnen u. a. den Atmungsmechanismus der Zellen und den Cholesterin-Stoffwechsel (Quellennachweis: VITALIA, Würzburg).

Aus www.vitalstoff-lexikon.de

„Phospholipide, auch Phosphotide genannt, sind in jeder Zelle des menschlichen Körpers enthalten und gehören zur Familie der Membranlipide. Sie bilden den Hauptbestandteil der Lipiddoppelschicht einer Biomembran, zum Beispiel der Zellmembran. In der Myelin-Membran der Schwan`schen Zellen, die die Axone der Nervenzellen umgeben, ist der Phospholipidgehalt besonders hoch. Sie beträgt etwa 80 %. Phospholipide gehören zu der Gruppe der Fette oder Lipoiden (fettähnliche Substanzen). Sie bestehen aus Glycerin, zwei Fettsäuren und der Base Cholin. Phospholipide sind ein hauptsächlicher Bestandteil von Membranen."

Wenn der Anteil der Phospholipide in der Myelin-Membran bei 80 % liegt, ist es meines Erachtens eigentlich logisch, sich diese Substanz zuzuführen, da diese Lipide im Stoffwechsel von der Entzündungsreaktion als erstes abgebaut werden. Diese Theorie sollte untersucht und erforscht werden.

Nachdem ich bemerkt habe, dass der Entzündungsprozess in meinem Körper zum Stillstand gekommen ist (das war schon etwa Ende 1973), habe ich große Mengen Reinlezithin in granulierter Form zu mir genommen.

Vielleicht waren es drei bis fünf Kilogramm, möglicherweise auch mehr, über das Jahr verteilt. Der

MS-Kranke neigt zu Übertreibungen und Überdosierungen. Pure Panik war es bei mir.

Und siehe da, es wirkte. Ich habe sehr schnell bemerkt, dass meine bis zum zweiten Schub gekrümmte Rückenhaltung sich total verbesserte und mein Erscheinungsbild sich zum Positiven hin wandelte. Meine arme geplagte Mutter konnte gar nicht so schnell diese weißen, formschönen Gläser aus dem Reformhaus nachkaufen, wie ich das verschlungen habe.

Tipp: Ich nehme jetzt Reinlezithin, in Sahne oder Smoothies verrührt, schon morgens als erste Mahlzeit. Später bin ich auf Faszikel einer sehr bekannten Hersteller-Firma umgestiegen.

Heute bevorzuge ich Sojamehl – fettarm aus dem Reformhaus. Gerne besorge ich mir auch Tofu aus japanischen Läden in Düsseldorf, meiner zweiten Heimat, denn dort habe ich auch fünf Jahre gearbeitet, davon zweieinhalb Jahre bei der japanischen Papierhandelsfirma.

Ist es nicht bemerkenswert, dass in Asien die MS-Erkrankung seltener auftritt als in Europa oder den USA?

Ich sehe einen Zusammenhang mit der dortigen Ernährung, wo die lezithin-haltige Sojabohne ein Grundnahrungsmittel ist und in vielen Varianten verarbeitet wird, wie zum Beispiel Tofu, Sojamilch, Miso etc.

Hatte Dr. Evers vielleicht doch nicht falsch gelegen mit seiner These: MS ist eine Zivilisationskrankheit???

Weizenkeime als „wertvoller" Aufbaustoff

Zitat aus www.selbsthilfewiki.de/site/Weizenkeime:

„Inhaltsstoffe
Hoher Gehalt an allen Vitaminen des B-Komplexes, Vitamin E, Provitamin A und D sowie Spurenelemente wie Kupfer, Mangan und Kobalt. Die Vitamine der B-Gruppe stellen entscheidende Regulatoren im gesamten Stoffwechsel dar und sind unentbehrlich für alle Belange von Haut, Blut, Nerven, Leber etc."

Zubereitung

Weizenkeime kann man fertig kaufen, sie sind dann meist besonders präpariert. Ebenso wirksam, dafür billiger und geschmacklich sicherlich eher besser ist das eigene Ankeimen in einem Keimapparat.

Das hat meine Mutter auch getan und mir die grünen Keimlinge ins Krankenhaus gebracht. Nach einem überstandenen Schub, wenn der Körper geschwächt ist, eine natürliche „Vitaminbombe".

Mandeln & Co. als Aufbaunahrung und Stärkungsmittel

Mandeln kosten beim Discounter 0,99 Euro/200-g-Packung. Eine billigere und bessere Nahrung mit Heilwirkung wird man kaum bekommen.

Zitat aus www.ayurveda-portal.de

„Mandeln – Inhaltsstoffe und Heilwirkung
Mandeln besitzen über 50 % Fett mit vielen ungesättigten Fettsäuren, außerdem noch 20 % Eiweiß, Provitamin A, Vitamin B 1, B 2 und C, Kohlenhydrate, Enzyme mit Hormoncharakter und Mineralstoffe wie Calcium, Kalium, Magnesium, Phosphor, Schwefel und Eisen.

Ob jung und alt, Denker, Arbeiter, oder Sportler, Mandeln stärken jeden. Sie schenken Lebenskraft, sind gut für die Augen und kräftigen Nerven, Gehirn und Körper."

Es sind einige bedeutsame Aminosäuren enthalten wie Tryptophan, Methionin, Argenin und Valin. Zur Abwechslung kann man Macadamia, Haselnuss, Pekannuss oder Paranuss probieren. Laut www.medical-mirror.de steckt unter der harten Schale der Paranuss viel Vitamin B 1 für ein starkes Nervenkostüm.

Vitamin B 3 erhält das Nervensystem

Wie schon erwähnt, habe ich auch Selbstversuche mit Niacin = Vitamin B 3 gemacht, und zwar als Mono-Substanz. Den Flash, die starke Durchblutung des Gehirns, den man dann bekommt, fand ich immer ganz toll.

Zitat aus dem Buch „Nervennahrung" von Dr. Andrea Flemmer, erschienen 2009 bei Schlütersche Verlagsgesellschaft, Hannover:
(ein sehr empfehlenswertes Buch)

„Vitamin B 3 erhält das Nervensystem. Ein Mangel wirkt sich aus durch Müdigkeit, Konzentrationsschwäche, Vergesslichkeit und Kopfschmerzen. Da steckt es drin: Hefe, Kaffeeextraktpulver, Weizenkleie, Kalbs-, Rinder-, Hühner- und Schweineleber, Erdnüsse. Den Tagesbedarf für Vitamin B 3 (ca. 15 bis 20 mg) finden Sie in ca. 170 g Haferflocken oder 150 g Weizenkleie oder 130 g Sesamsamen, alles Nahrungsmittel, die man dem Frühstücksmüsli beimischen kann."

Ich hatte das Gefühl, dass ich dadurch mehr „Power" im Alltag erlebe.

Das „furchtbare" Abwarten der wohl meisten Neurologen

Ich finde es ganz, ganz furchtbar, dass die wohl meisten Neurologen in der Diagnose so lange abwarten, bis sich Nervenzeichen zeigen, das heißt zum Beispiel Spastik, Veränderungen des Augenhintergrunds, Blasenstörungen, Gleichgewichtsstörungen. Die Krankheit ist so entsetzlich, weil sie irreparable lebenslängliche Körperschäden verursacht und damit alle Lebensbereiche negativ beeinflusst, ob Beruf, Familiengründung, Familienzusammenhalt, Eheleben, Lebensfreude oder Beweglichkeit.

Trotzdem lässt man meines Erachtens die Patienten oft im Unklaren oder drastischer gesagt, sie werden für dumm verkauft. Es wird bei der Diagnosestellung auf harmlosere Krankheiten wie vegetative Dystonie, Rheuma, Erschöpfung, Burn-Out oder dergleichen ausgewichen, anstatt mit der Wahrheit herauszurücken.

Damit wird dem Patienten Zeit geraubt und ihm letztlich unnötig Schaden zugefügt, wie es bei mir der Fall ist (Paraparese [teilweise Lähmung] des rechten Beines seit 38 Jahren).

Ich hätte ein Anrecht auf Transparenz gehabt, zumindest meine Eltern, aber zur damaligen Zeit war man wohl nicht so weit, dieses zu erkennen.

Oder stecken möglicherweise hinter dieser Verzögerung finanzielle Interessen des Neurologen in Eintracht mit Pharmafirmen, denn ein Patient mit einer dauerhaften Behinderung bringt ja für beide Seiten letztlich bares Geld ein???

Statt Transparenz und Aufklärung zu fördern, wird an den Symptomen mit immer neuen und teureren Medikamenten laboriert und kuriert. Die Schulmediziner wissen doch zu genau, dass sie für die Entzündung des Zentralnervensystems eigentlich kein wirklich wirksames Heilmittel (ich betone: Heilmittel) zur Hand haben, sondern nur symptomatisch behandeln können. Und für die Sklerose hinterher erst recht NICHTS. Bei Vorliegen von Narben oder sog. Schwarzen Löchern, die den Untergang von Nervengewebe bedeuten, wird die Behandlung weitaus schwieriger und vor allem extrem teuer (man schätzt die Behandlungskosten für einen MS-Kranken auf etwa EURO 15.000,– bis 30.000,– pro Jahr). Die letzte Zahl habe ich einem Forum während der MEDICA in Düsseldorf 2011 entnommen.

Das Problem des Betroffenen ist doch: Wenn er gar nichts weiß, kann er auch gar nichts machen. Anstatt rechtzeitig Warnhinweise zu geben, „produziert" man lebenslange Dauerkranke, die keiner Beschäftigung nachgehen können und möglicherweise in Versorgungseinrichtungen dahinvegetieren, meist ohne Partnerschaft und Zuwendung.

Wie oft habe ich von anderen Leidensgenossen in der Gruppe oder bei MS-Kolloquien gehört, dass sie richtig froh gewesen wären, endlich überhaupt eine Diagnose zu erfahren. Dann hätten sie die Möglichkeit gehabt, sich selbst darüber informieren zu können, was hinter der Krankheit steckt.

Ich finde es auch volkswirtschaftlich gesehen unverantwortlich, dass wertvolle Zeit vergeudet wird, nur weil man aus falscher Scham dem MS-Patienten die Wahrheit nicht zumuten will. Das ist meine ganz persönliche Meinung.

MS-krank zu werden und es lebenslang zu bleiben

Ich bin am 15.11.2010 mit einer Journalistin am Hauptbahnhof in Köln verabredet, um mit ihr meine Vorstellungen für ein neues MS-Buch zu besprechen.

Sie kam, sah, hörte, bezahlte meinen Kaffee und hat mir dann nach über acht Monaten Wartezeit – ohne weitere Besprechung –, abgesagt, in tiefem Bedauern darüber, dass sie mir tatsächlich nicht weiterhelfen kann.

Ich habe eigentlich mit dieser Krankheit nie von jemandem Hilfe erwartet, weder durch Beten zu Gott oder von Fremdpersonen oder von Ärzten, sondern immer – konsequent – auf mich selber gebaut (frei nach dem Lebens-Motto eines früheren Kumpels:

„Jeder für sich und Gott für uns alle"). Ich habe alle Informationen „aufgesogen" und zusammengetragen. Eine mühsame Sache, denn in den 60er Jahren gab es kein Internet, keine MS-Bücher (ich bin der DMSG, dem Bundesverband der MS-Kranken, 1974 als Nr. 117 beigetreten).

Anschließend – nach diesem relativ kurzem Gespräch – habe ich mich auf den Weg nach Wuppertal-Elberfeld gemacht und dort das Cinemaxx angesteuert, wo der Film „Der Körper, Dein Feind?" präsentiert wurde. In diesem Film treten drei MS-Patienten im Alter von 30, 36 und 39 Jahren auf, die Einblicke in ihr Privatleben und ihren Alltag geben.

Ich erlebe diesen Film wie ein Alptraum- Szenario, führt er mir doch schmerzhaft vor Augen, was alles noch passiert wäre, wenn es mir damals – im Jahre 1973/1974 – nicht gelungen wäre, die MS mit ihrem Zerstörungspotenzial im Körper, das heißt den Entmarkungsprozess zu stoppen.

Wie war noch meine Überlebenszeit laut Schulmedizin? Bis 32 Jahre!

Da sehe ich den 30-Jährigen, der zwei Reihen vor mir im Rollstuhl sitzt (der Urinbeutel baumelt neben seinem Rollstuhl) mit seiner gesunden und hübschen Angetrauten, die über Eheprobleme im Film diskutieren. Sie wirft ihm vor, dass er sich geändert habe. Sie muss allein zu Freunden fahren. Er ist zuhause, während sie das Einkommen erwirtschaftet.

Ich sehe die 39-jährige Frau im Film, die mehr die Einsamkeit sucht als eine Bindung, keine Kinder mehr will und schon Suizidgedanken hatte.

Im Foyer treffe ich eine 47-Jährige aus Düsseldorf, deren Bekanntschaft ich schon irgendwann in den 90er Jahren gemacht habe und die damals gesundheitlich fit und gehfähig war. Sie hatte mich damals zu einer Geschäftspräsentation ins Nikko-Hotel, Düsseldorf, eingeladen. Jetzt saß sie bedauerlicherweise im Rollstuhl, begleitet von einer Freundin.

Im Grunde war das alles zuviel für mich. Die Eindrücke wirken noch Tage in mir nach. Es ist entsetzlich, wie eine solche Krankheit Betroffene – vor allem junge Leute – dermaßen aus der Bahn wirft.

Beim anschließenden Kommentar am Mikrofon habe ich geäußert, dass ich es gut finde, dass MS-Kranke heute offen mit der Krankheit umgehen und sehr viel mehr Öffentlichkeitsarbeit geleistet wird – wie dieser Film beweist. Und ich habe auch gesagt, dass Ärzte heute – Gott sei Dank – nicht mehr davon sprechen, wie lange die Überlebenszeit des MS-Kranken noch ist. Das sehe ich als großen Fortschritt an.

Die Krankheit ist heute auf jeden Fall besser behandelbar, allerdings immer noch unheilbar.

Sauna – ja oder nein?

Nachdem ich festgestellt hatte, dass dieses „nagende, abbauende Gefühl" nicht mehr in meinem Körper vorhanden war, bin ich wieder und wieder in die Sauna gegangen. Es ergaben sich nie irgendwelche Probleme damit, auch nicht für den Kreislauf.

Ich hätte allerdings sehr große Bedenken, wenn sich die Encephalomyelitis disseminata in der Akutphase befindet. Die große Hitze in der Sauna könnte schubauslösend sein.

Wie kann ich mein Immunsystem vor einer Reise stärken?

Im ADAC-Heft 1/2012 habe ich eine einfache, aber meines Erachtens sehr interessante Empfehlung gefunden. Da fragt ein Leser: „Ich plane eine Fernreise und möchte für den Krankheitsfall vorbeugen. Ist es sinnvoll, vorher Vitaminpräparate zu nehmen?"

Antwort:

„Wer sich mit frischem Obst und Gemüse ernährt, wird keinen Bedarf an zusätzlichen Vitaminen in Pulver- oder Tablettenform haben. Um das Immunsystem vor einer Reise fit zu machen, bietet sich etwas anderes an, sagt der Münchner Arzt und Grippespezialist Professor. Dr. Georg E. Vogel: die Kombination von probiotischen Joghurts und Flohsamen. ‚Bei Patienten, die regelmäßig beides zu sich nehmen, stelle ich eine deutlich bessere Darmgesundheit und eine gestärkte Immunabwehr fest.‘ Immerhin sitzen 80 Prozent des menschlichen Immunsystems im Darm. Weitere Informationen finden sich im Buch ‚Stark- unser Immunsystem‘ von Matthias Manych und Professor Vogel, das im Trias Verlag erschienen ist."

Häme allerorten

Ich habe Häme schon 1973 im Krankenhaus erlebt, dann in der Kurklinik, beim Neurologen, bei den lieben Ex-Kollegen (Ausspruch „Jetzt müssen Sie ja wieder neu anfangen") oder beim von mir verursachten Verkehrsunfall, bei der Trennung von einer viel jüngeren Frau (Ausspruch: Du kommst überhaupt nicht infrage), bei der Agentur für Arbeit (Ausspruch: Sie sind jetzt vier Jahre arbeitslos. Sie haben den Stand einer ungelernten Kraft [tatsächlich so gewesen]).

Es ist leider so, wie es ist. Ich tue mich schwer zu akzeptieren, dass Menschen diese Charaktereigenschaft haben und Schadenfreude empfinden. Ich stehe solchen diffamierenden Sprüchen ziemlich hilflos gegenüber. Vielleicht gebe ich auch durch mein Verhalten und meine Offenheit „Angriffsflächen" für solche Sprüche. Oder ich bin unbewusst selbst so. Ich weiß es nicht.

Ich habe es so gut wie nie erlebt, dass hinterher einmal eine Entschuldigung folgte. Sind wir in Deutschland solche „Ego-Menschen" geworden, die es billigend in Kauf nehmen, wenn jemand Schaden erleidet und daran fast zerbricht?

Ich möchte hier nur zwei Beispiele anführen, die vor gar nicht so langer Zeit geschehen sind.

Da tritt eine blinde Opern-Sängerin bei DSDS auf und berichtet in der Show davon, dass sie in der Fußgängerzone ihrer Heimatstadt „Blindfisch" gerufen wird.

Oder der Fall, als der ehemalige Böhse-Onkelz-Sänger am Silvesterabend vor zwei Jahren im Rauschzustand den Kleinwagen mit zwei jungen Insassen rammt und diese fast verbrannt wären, er aber rennt davon und verhält sich vor Gericht so, als ginge ihn das alles überhaupt nichts an.

Der Erfolg dieser Häme ist doch nur: Rückzug, Vereinsamung, Passivität. Schade, dass unser Staat durch seine für mich teilweise entnervende, entrechtende und entwürdigende Behandlung von Hartz-IV-Empfängern oder Langzeit-Arbeitslosen seinen unrühmlichen Teil dazu beiträgt.

Kurzaufenthalt in Teneriffa-Süd

Aus verschiedenen Anzeigen in Zeitschriften von MS-Organisationen wird mit dem guten Klima für MS-Betroffene in Teneriffa geworben. So habe ich mich im Dezember 2011 entschlossen, ein Frühbucherangebot aus dem Internet wahrzunehmen und mir im Süden von Teneriffa, in Los Christianos, das Kurhotel Mar y Sol einmal anzusehen. Es liegt in ruhiger Wohnlage einer Seitenstraße auf einer kleinen Anhöhe und nur fünf Minuten von der etwa sechs Kilometer langen Strandpromenade entfernt. Gleich nebenan befindet sich eine Servicestation für Rollstuhlfahrer. Man hat einen herrlichen Blick auf den größten Berg, den Pico del Teide, der 3.718 m hoch ist.

Wie ich gesehen habe, machen dort wohl hauptsächlich Rollstuhlfahrer aus verschiedenen Ländern (Deutsche, Niederländer, Skandinavier) einen Rehabilitationsurlaub. Es gibt zwei Pools, das Gesundheitszentrum TERALAVA mit großer Bäder- und Rehabilitationsabteilung und einen deutschem Arzt für Allgemeinmedizin. Alles sieht modern, ordentlich und ansprechend aus.

Während bei uns schon kaltes, ungemütliches Winterwetter herrschte, sind wir dort mit 28 Grad C „empfangen" worden.

Ich habe eine aus Ulm stammende Kölnerin gesprochen, die seit 2005 erkrankt ist und einen chronisch voranschreitenden Verlauf hatte. Sie bedauerte sehr den Verlust der Gehfähigkeit.

Ich habe noch zwei Frauen gesprochen, wohl Mutter und Tochter, die sich jährlich zwei Mal einen Kuraufenthalt dort gönnten.

Nähere Informationen sind über www.marysol.de abrufbar.

Besonders stark ausgeprägt bei mir: Verlustängste

Die Multiple Sklerose ist eine Krankheit, die den eigenen Körper angreift und negativ verändert wie kaum eine andere. Ich verliere die Isolier- und Schutzschicht (Myelin) der Nerven in der „Schaltzentrale" meines Körpers, die die Nervenimpulse weiterleiten sollen. Dadurch werden auch meine Emotionen in vielfältiger Weise beeinflusst.

Ich habe etwas verloren und bekomme es nie mehr zurück. Das ist eine sehr schlimme Vorstellung. Damit zurechtzukommen, ist mir in jüngeren Jahren leichter gefallen als in späteren Jahren. Ich konnte dieses Manko mit „jugendlicher Unbekümmertheit" und mit viel Engagement im Beruf „übertünchen". Das ist im reiferen Alter viel schwerer. Daraus entstanden mittelschwere Depressionen, die zu einer klinischen Behandlung führten, wie anfangs schon erwähnt.

Ich versuche daher, mich „stark" zu machen durch Krafttraining im Fitness-Studio, neue Dinge anpacken, die ich vorher nie gemacht habe, durch bewusste Auswahl von Essen und Trinken schon im Super-Markt, also Lebensmittel auswählen, die einen positiven Effekt auf meine Psyche haben, einmal über den „Tellerrand" hinausschauen und sich in anderen Städten umsehen (besonders bevorzugt von mir ist Köln), spezielle Lifestyle-Seminare besuchen, ausgewählte Vorträge, Seminare, Kurse besuchen etc., etc. Ich besorge mir meistens die Programme der Volkshochschulen aus mehreren Nachbarstädten.

Da ich Chemie in meinem Körper ablehnend gegenüberstehe, wie man aus den vielen Kapiteln vorher unschwer ermessen kann, weil sie schlicht und einfach für mich keine „Dauerlösung" darstellen, suchte und suche ich nach natürlichen Alternativ-Wegen. Und ich möchte nicht mit neu „auftauchenden" Krankheiten als Nebenwirkungen konfrontiert werden, um die ich mich dann wiederum kümmern muss. Deshalb auch meine Affinität zu Naturmedizin.

Sehr empfehlendwert ist für mich das Buch „Seelische Störungen natürlich behandeln", ein GU-Ratgeber Naturmedizin. Darin heißt es auf Seite 107: „Wenn sich eine Tür schließt, öffnet sich eine andere. Doch oftmals rütteln wir so lange an der verschlossenen Tür, dass wir jene nicht sehen, die sich für uns geöffnet hat." Dieser Ausspruch stammt von Helen

Keller, der amerikanischen Schriftstellerin, die, obwohl taubstumm und blind, ihr Leben so bewundernswert meisterte.

Die Angst ist geblieben...!!!

Es ist eigentlich völlig normal, dass nach Bekanntgabe einer solchen, als unheilbar geltenden Erkrankung die Gefühle durcheinander geraten, sie sich auf Berg- und Talfahrt begeben oder gar die Psyche „Amok läuft". Ich meine damit eine verständliche Überreaktion auf das Krankheitsereignis.

Ich habe alles „niedergemacht", was mir im Wege schien: Besuche beim bisherigen Hausarzt vermieden, Kontakte zu Ex-Kollegen eingestellt, meinen erlernten Job hingeschmissen (obwohl ich bei einer renommierten Firma gelernt hatte), meinen Lebensstil geändert, Alkoholexzesse vermieden, meinen Neurologen nicht mehr aufgesucht, mich von Abendveranstaltungen ferngehalten, die in eine wildes Saufgelage ausarten könnten, und und und...

Hätte ich die Kontakte mit meinen Ex-Kollegen aufrechterhalten, wäre ich erneut in diesen Strudel von unsolidem Lebenswandel, abnormem Stress, unfairer Behandlung meines Ex-Abteilungs-Leiters, dem Zwang, im Metallhandel Geschäfte „auf Alkoholbasis" tätigen zu müssen, geraten.

Ich wäre damit letztlich in Perspektivlosigkeit und in eine erneute Abwärtsspirale geraten.

Alles Vorgenannte wollte ich nicht mehr für mein zukünftiges Leben.

Es kam mir so vor, als wäre mir der Boden unter den Füßen weggezogen worden.

Aber die Angst, fast panische Angst, ist geblieben:

- vor Hinterhältigkeit von Mitmenschen, speziell von Medizinern
- vor Ungerechtigkeit und Benachteiligung
- vor Versprechen, die „hinterher" als „angeblich" bezeichnet werden
- vor endlos erscheinendem Absturz
- vor unheilbaren Krankheiten
- vor irreversiblen Körperschäden
- vor finanziellem Desaster
- und last, but not least, vor einer unglücklichen Partnerschaft.

Das wäre Stoff für 1.000 Stunden Psychotherapie gewesen, die ich leider noch nie, noch nicht einmal für eine Stunde, bekommen habe. Mein Neurologe meinte noch vor kurzem, dass würde bei mir nichts nützen. Eigentlich eine Unverschämtheit!

Man brauchte mich ja eigentlich gar nicht zu behandeln, denn mit dieser Krankheit war ich schon

1968 voll abgeschrieben. Ich bin in Selbsthilfegruppen gelandet.

Selbsthilfe und Selbsthilfe-Gruppen – unverzichtbar!

Wie schon im Kapitel „Meine Stellensuche" bemerkt, habe ich mich damals mit dem erstmaligen Auftreten dieser unheimlichen Krankheit bei mir allein gelassen gefühlt, vollkommen allein. Und ich hatte das Limit „bis 32 Jahre" als böses Omen im Nacken, was ich selbst nicht verstand.

Um wieviel anders ist das Leben des MS-Kranken in den letzten 20 bis 30 Jahren geworden…

Neue MS-Bücher, das Internet mit seiner Fülle an Informationen (und vor allem brandaktuell) und mit seiner Möglichkeit, sich in Chat-Foren einzuloggen und auszutauschen.

Selbsthilfegruppen sind dank der Arbeit der DMSG in vielen Orten entstanden, auch sog. MS-Kompetenzzentren usw.

Am 3. Juni 2012 hat unsere DMSG-Ortsvereinigung Duisburg im Rahmen eines Sommerfestes ihr 30-jähriges Bestehen gefeiert, an dem auch ich teilgenommen habe.

Es konnte zu diesem Anlass eine hochkarätige Festrednerin gewonnen werden, die Ex-Bundesgesundheitsministerin Frau Ulla Schmidt. Während ihr Vorredner davon gesprochen hat, dass unser Gesundheitssystem an seine Grenzen gestoßen ist, hat sie dem widersprochen und eine beeindruckende Zahl genannt: Im Jahre 2010 wurden im Gesundheitswesen 270 Milliarden Euro in Deutschland umgesetzt.

Sie betonte, dass Selbsthilfe-Gruppen eine wichtige Säule in unserem Gesundheitssystem sind. Es sei auch wichtig, dass Betroffene für Betroffene da sind, die selbst in der Situation stecken. Diese sind glaubwürdiger, weil sie es selbst erlebt haben. „Ein Arzt hat nur 10% Anteil am Erfolg des Patienten", so Ulla Schmidt.

Es geht hier um eine Stärkung des Patienten durch die Organisation in Selbsthilfegruppen.

Kann Heilfasten die Lebensqualität MS-Erkrankter verbessern?

Mit einem Aufruf über die DMSG suchte die Charité, Berlin, Anfang 2012 Teilnehmer für eine Studie zur Untersuchung der Wirkung stoffwechselbeeinflussender Ernährungsweisen bei schubförmiger Multipler Sklerose.

Kurzzeitiges Heilfasten im Vergleich zur zuckerreduzierten, vitalstoffreichen Behandlung: Eine neue Studie soll Aufschluss über den Einfluß unterschiedlicher Ernährungsweisen auf die Lebensqualität von Menschen mit Multipler Sklerose geben.

Teilnehmen konnten Männer und Frauen mit schubförmiger MS zwischen 18 und 65 Jahren ohne Erkrankungen des Stoffwechsels wie z. B. Diabetes Mellitus.

Ich finde diese Ansatzweise zur Behandlung der MS sehr interessant, zeigt sie doch, dass auch alternative Behandlungen mittlerweile durchaus in Betracht gezogen werden und Eingang in klinische Forschungs-projekte gefunden haben.

Ich hätte selbst gerne daran teilgenommen und habe mich auch um einen Platz bemüht. Ich wollte sogar die Fahrtkosten nach Berlin selber tragen. Da auch keine Übernachtungskosten von der Charité übernom-men werden, hätte ich auch diese Kosten notfalls selber getragen. Aber Teilnehmer aus Berlin/Branden-burg wurden leider bevorzugt.

Ich bin gespannt auf die Ergebnisse, die wohl Ende 2012 vorliegen werden. Meine unmaßgeb-liche Voreinschätzung ist, dass nicht unbedingt Spektakuläres dabei herauskommt, aber warten wir es ab. Auch kleine Schritte tragen zu einem großem Ziel bei.

Die Kräfte der Natur

Dieser kurze Slogan steht auf jedem Etikett des von der Firma Kanne Brottrunk GmbH & Co. KG. in Selm-Bork seit 1981 produzierten und vertriebenen Brottrunks. Der Original Kanne Brottrunk enthält viele lebendige koloniebildende Milchsäurebakterien (Brotsäurebakterien).

Zitat aus dem Buch „Brottrunk – sauer und gesund", 2003 erschienen im Haug Verlag, Stuttgart :

„Was ist eigentlich Brottrunk? Grundlage ist ein aus Roggen, Weizen und Hafer hergestellter Sauerteig, der zerkleinert und in Gärkesseln angesetzt wird. Über ein spezielles Verfahren bringen die natürlich vorkommenden Milchsäurebakterien (Laktobazillen) eine Gärung in Gang. Das Getränk wird dabei nicht alkoholisch.

Gesund ist Brottrunk durch die in großen Mengen enthaltenen Vitamine, Mineralstoffe, Spurenelemente, Enzyme und Milchsäurebakterien, die eine äußerst positive Wirkung auf Haut, Blut und Darm haben.

Brottrunk stärkt die Immunabwehrkräfte. Viele Menschen, die regelmäßig Brottrunk zu sich nehmen, berichten immer wieder, dass sie sich besser und leistungsfähiger fühlen. Besonders Menschen, die frü-

her sehr unter häufigen Erkältungen litten, fühlen sich gesünder. Sie seien nicht mehr so müde und erschöpft und auch nicht mehr so anfällig gegen Grippe und Erkältungskrankheiten. Das belegt eine Studie des Heidelberger Wissenschaftlers Professor Dr. Ronald Grossarth-Maticek. Der Grund dafür liegt in der positiven Auswirkung von Brottrunk auf das Immunsystem. Durch seine regulierende Wirkung auf die Darmflora werden Schadstoffe und Krankheitskeime, die eine Grippe auslösen, abgetötet. Durch die im Brottrunk enthaltenen Vitamine und Spurenelemente wird das Immunsystem gestärkt und ist so gegen die immer wiederkehrenden ‚Grippewelllen' besser gewappnet."

Warum sollte daher der Brottrunk nicht auch bei der Encephalomyelitis disseminata einen positiven Gesundheitseffekt haben ? Am besten ausprobieren. Hätte es den Trunk viel früher gegeben als erst 1981, ich hätte bestimmt auch damit „experimentiert".

Die Firma Kanne in Selm bei Lünen kann auch nach Voranmeldung besichtigt werden. Vielleicht erklärt sich dann auch Herr Kanne persönlich bereit, einen ausführlichen Vortrag zu halten.

Das Fazit: Vorher Klartext reden – nicht hinterher

Hätte man mir 1968 „reinen Wein eingeschenkt", wäre mir der bittere Wermut-Tee, den ich 1973 schlucken musste, möglicherweise erspart blieben. Ebenso: Hätte mein Abteilungs-Leiter damals noch in der Abteilung gesagt, dass der andere Kollege sofort Handlungsbevollmächtigter und sofort eingestellt wird, hätte ich wahrscheinlich auf der Stelle abgelehnt und erst gar nicht gekündigt.

Hätte ich, hätte ich doch nur! Jedem Menschen ist das schon passiert. Jeder Börsenhändler oder Aktionär wird dazu seine eigene Geschichte erzählen können.

Leider ist es im Leben so, dass Informationen, die wichtig gewesen wären, ganz bewusst und willentlich von Mitmenschen, Vorgesetzten, Ärzten usw. aus den unterschiedlichsten Gründen vorenthalten werden.

Nur finde ich, dass das Arzt/Patient-Verhältnis ein besonderes ist, ein Vertrauensverhältnis, und hier sollten andere Maßstäbe angelegt werden als vielleicht im Berufsleben.

Ich finde auch, dass die Untersuchungen bei Neurologen viel zu sehr auf vorhandene oder neue Nervenausfälle fixiert sind als auf das, was sich im Zentralnervensystem abspielt.

Ich war 1968 in drei Krankenhäusern, in Duisburg, Oberhausen und Krefeld, aber Klartext wurde nirgendwo gesprochen. Ich spürte, dass da etwas war, was man mir lieber nicht sagen wollte. Das war aber unfair bei einem jungen Menschen, der noch sein Leben vor sich hat. Um es mal so auszudrücken: Ich bin blind, blöd und blauäugig in meinen zweiten Schub „hineingeschlittert" und „alle" haben es vorhergesehen.

Ich habe diese neurologischen Untersuchungen bisher etwa zehn bis 15 Mal über mich ergehen lassen müssen, was mir immer zuwider war. Am liebsten hätte ich abgelehnt. Der Neurologe kann sowieso nicht mehr heilen, wenn die Multiple Sklerose manifest geworden ist. Ich hatte einen Neurologen, der bei der Untersuchung immerzu brummelte „Hmh, hmh, hmh". Mein Eindruck war: Er weiß etwas, was ich nicht wissen darf.

Wenn sich Symptome so offenkundig zeigen, wie es bei mir der Fall war (Schwindel, Gleichgewichtsstörungen, Doppelbilder) sollte das offen angesprochen werden, sofort und schonungslos – und nicht erst hinterher.